La noche del pequeño búho

Divya Srinivasan

El pequeño búho estaba disfrutando
de una noche maravillosa.

Observó a la divertida familia de comadrejas que caminaban en hilera.

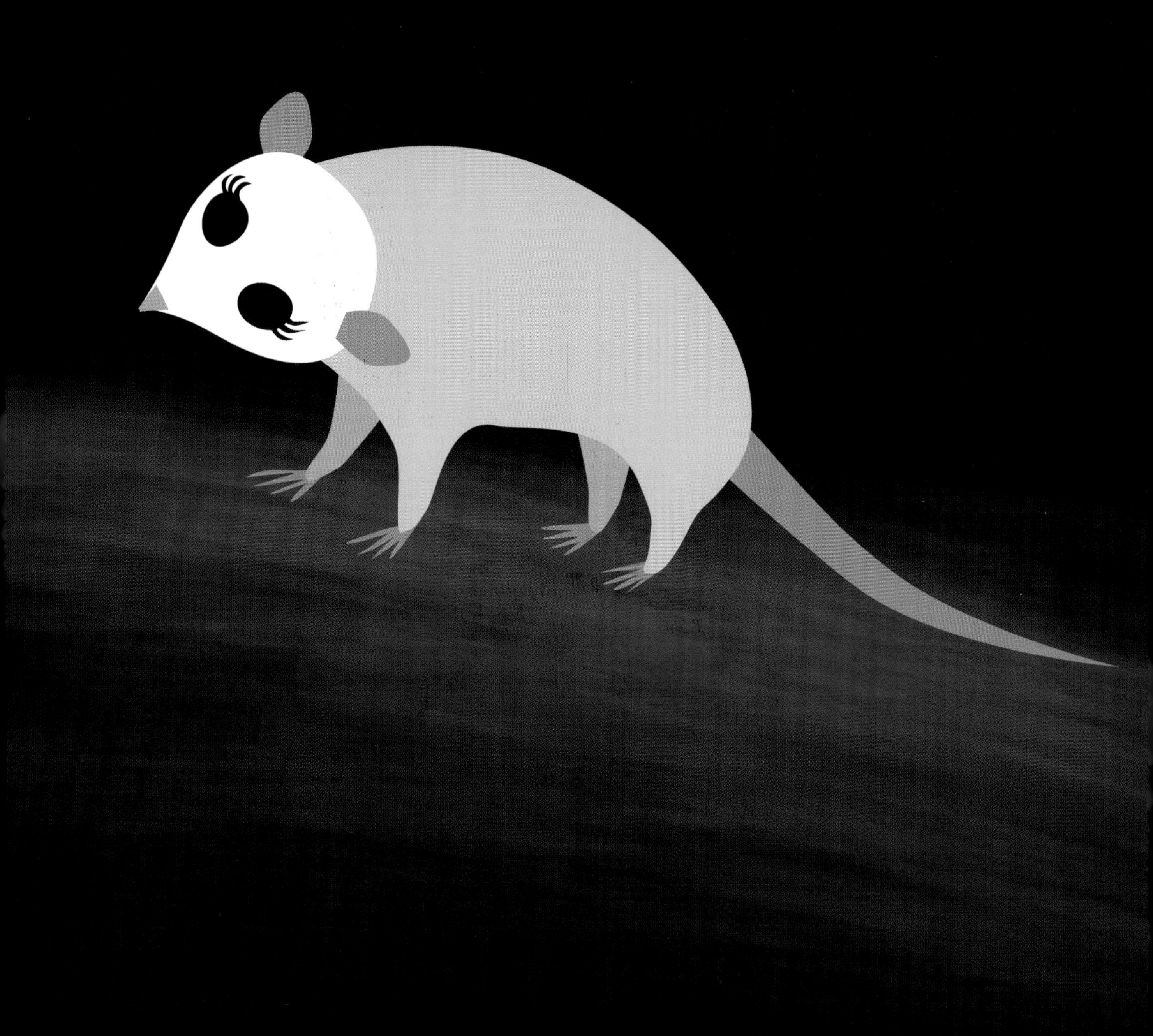

El erizo olisqueaba las setas de la pradera.

Y a la mofeta, que estaba comiendo bayas
porque no encontraba caracoles.

Junto al río, los castores roían la madera de los árboles.

La tortuga se escondía en su caparazón mientras
las luciérnagas revoloteaban a su alrededor.

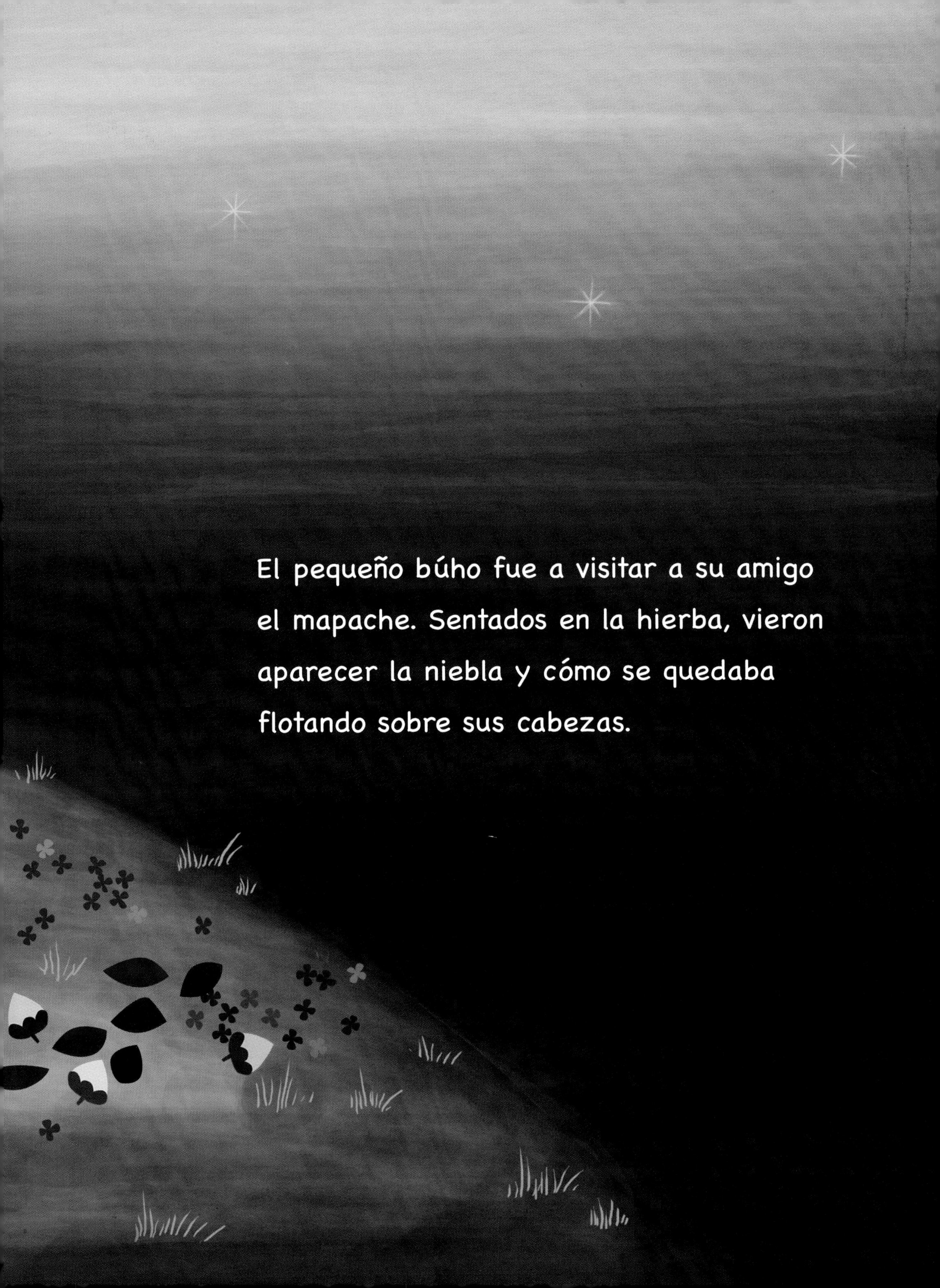

El pequeño búho fue a visitar a su amigo el mapache. Sentados en la hierba, vieron aparecer la niebla y cómo se quedaba flotando sobre sus cabezas.

Las polillas revoloteaban bajo la luz de la luna.

El polvo de plata les cubría las alas.

El pequeño búho deseaba continuar allí,
pero ya era hora de regresar a casa.

Camino de casa, el pequeño búho pasó por la Cueva del Gruñón. El oso estaba dentro, roncando como un ogro.

—¡Despierta, oso! ¡No estés
toda la noche durmiendo!
El pequeño búho comenzó a cantar:
«¡Te mostraré la luna…!».

Pero el oso, como era costumbre, siguió roncando.
El pequeño búho llegó a su casa-árbol
y contempló el cielo.

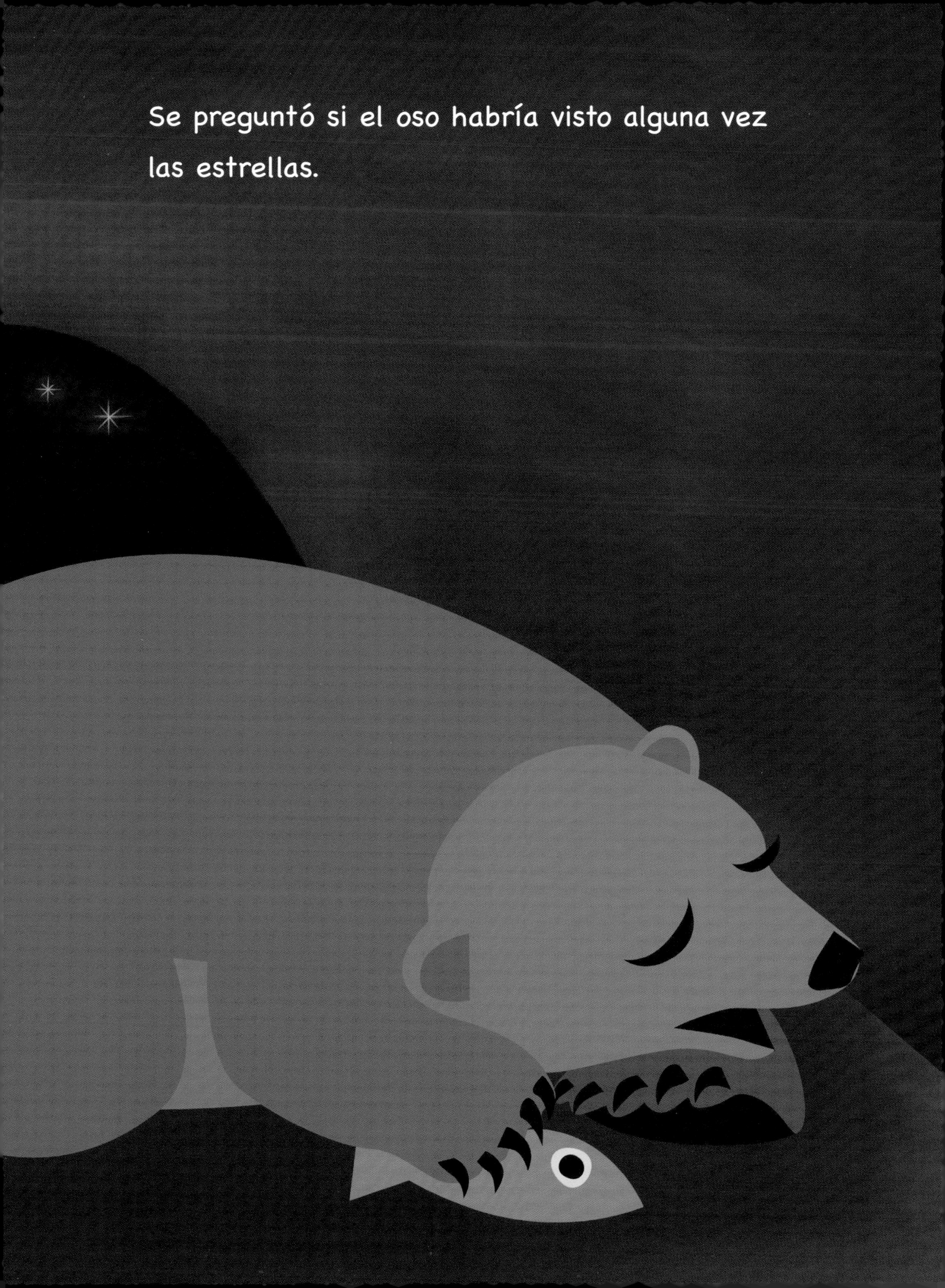

Se preguntó si el oso habría visto alguna vez las estrellas.

El pequeño búho se sentó en su rama.

¡Le encantaba el bosque por la noche!

La rana croaba suavemente.

El grillo cantaba con estridencia.

El pequeño búho oyó un murmullo
a los pies de su árbol.
Era el zorro que venía a saludarlo.

Ya era tarde. Los murciélagos volaban
de regreso a casa.
—Mamá –susurró el pequeño búho–,
cuéntame otra vez cómo llega la noche.

—La luna y las estrellas se desvanecen como fantasmas -dijo la mamá-. Las telarañas se convierten en hilos de plata. Las gotas de rocío brillan sobre las hojas y la hierba como estrellas diminutas.

Los dondiegos de noche se cierran
y las campanillas azules se abren.

El cielo se ilumina y pasa del negro al azul,

del azul al rojo,

del rojo al amarillo.

El gallo canta. Los cuervos graznan.
El día comienza –continuó la mamá.

Pero el pequeño búho ya no la oía.

Se había quedado dormido.

Para Amma, Appa y Ramya.
Soy muy feliz de teneros conmigo.
-Divya.

Puede consultar nuestro catálogo en
www.edicionesobelisco.com / www.picarona.net

La noche del pequeño búho
Texto e ilustraciones: *Divya Srinivasan*

1ª. edición: mayo de 2016

Título original: *Little Owl's Night*

Traducción: *Joana Delgado*
Maquetación: *Isabel Estrada*
Corrección: *M.ª Ángeles Olivera*

Edita: Picarona,
sello infantil de Ediciones Obelisco, S. L.
Pere IV, 78 (Edif. Pedro IV)
3.ª planta 5.ª puerta
08005 Barcelona - España
Tel. 93 309 85 25 - Fax 93 309 85 23
E-mail: picarona@picarona.net

ISBN: 978-84-16648-32-0
Depósito Legal: B-5.772-2016

Printed in Spain

Impreso en España por ANMAN, Gràfiques del Vallès, S. L.
C/ Llobateres, 16-18, Tallers 7 - Nau 10. Polígono Industrial Santiga.
08210 - Barberà del Vallès (Barcelona)